句集
隣の駅が見える駅

塩見恵介

朔出版

隣の駅が見える駅　目次

〈ブックデザイン〉
アートディレクター　奥村靫正
デザイナー　石井茄帆
ともにＴＳＴＪ

句集

隣の駅が見える駅

Ⅰ　四月のはじめ〜八月のおわり

四月馬鹿泡の溢れてコカコーラ

かざぐるま風にカミングアウト中

チューリップ兄より優し兄の友

菜の花の揺れたるような昼休み

その手には乗らぬつもりが夜桜に
並べ置くうつわ器に花吹雪

世を捨ても世に捨てられもせずさくら

花筏別れて別の花筏

紙ふうせん忘れることは許すこと
暖かな煉瓦となってうずくまる

＃STAY HOME スイートピーが眠いから
春光を走ってスモークツリーまで

焼きたてのパンに並んで春の雲
詫び合うて笑うて忘れわらびもち

レタスから夢がこぼれているところ
空ばかり眺めアスパラガスの先

春愁というか成長痛の膝

子の頼みだいたい聞かず蜆汁

早食いの父春宵をもて余し

犬動画見て猫動画見て日永

リポビタンDの一滴昭和の日

ロートジー沁みる憲法記念の日

ゴールデンウィークをアンモナイトする
ソフランで洗うパジャマやみどりの日

躑躅咲く今日のコンパに今日呼ばれ
春の雲男子はみんなフエラムネ

下の子のアルバム薄き忘れ霜

空色の飛沫となって揚雲雀

ハムエッグハムの剝がれて春がゆく

惜春や割箸鉄砲ぽんと撃ち

悠々と雲は流れて山葵沢
でかけては遊ぶ約束麦の秋

のりたまの黄色ばかりのこどもの日
花は葉にカレーおかわりまだあるよ

踏切が上がった天道虫飛んだ

戒名は大空飛翔天道虫

大声の友も大声風薫る

薫風や私の炒飯は無敵

豆ご飯子の友のこと子に褒めて

たけのこのあの、で留守電切れており

はつなつやひと目で決まる欲しい服

穴あけて目とする埴輪若葉風

焼キャベツ芯がまだレヴィ゠ストロース
傷んで甘き苺とメルロ゠ポンティと

白バイの前輪薔薇を嗅いでいる

夕薄暑空荷で帰る台車かな

五月富士見えて弁当ほどきたる

風薫る座談ののちは立食に

雲に訊く虹の厚さの測りかた
馬頭琴たてかけ虹を見せている

縄文の空に野生の虹を飼い
開けないでください虹の窓だから

ガーベラの顔を濡らさぬように水

蝸牛行動力を徳という

アウンサンスーチー女史的玉葱S
そこにいて君はOKなめくじり

アイシャドウ変えてみました青蜥蜴

飛び石のすこし鰐めく梅雨晴れ間

梅雨晴れを角《かく》道《みち》あける女達

白南風は地球の欠伸モアイ像

飛魚の中でも目立ちたいタイプ

飛魚を鎖骨に飼っている女

万緑の中や米屋が米をとぎ

緑蔭を上書き保存して夕日

蝙蝠は蝙蝠が良い夜空かな

バナナ売り今日はアンテナ売っている

立場上賛成側にいるバナナ
一人だけバナナになって葵橋

ポケットにいつの胃薬夏の月

馬頭琴夏天に風をつむがせて

びわゼリーちょっとセリヌンティウス風
守護霊がおられるのですビールに泡

手で顔をあおぎ鰻重待つ二人
女子力の高い団扇の扇ぎかた

コンパから抜けて涼しき深海魚

鬣に白夜の匂い馬頭琴

山桜桃姉は幽体離脱中

月鉾の影で寝ている猫二匹

サンダルで通天閣をこそばしに
サンダルをはみ出てかかと分の恋

張り込みの刑事の部屋も大西日
向日葵や応援グッズ無くっても

目の前のことを大事に冷奴

空き缶になって転んで夏休み

プチトマトみなでただただ食う儀式

真剣にトマトを叱るプチトマト

よく熟れたトマトは基本的真面目
中年は急にトマトになるのかも

巴里祭の傘に雨聴く宝塚

星の名を星に尋ねて巴里祭

海の日のどこか日差しのシーチキン

二〇二〇年七月

スポーツの日という平成の余白

噴水の前で止まっている家族
カスタードクリームふうな昼寝覚

サイダーの気泡にペルム紀の記憶

サイダー、サイダアーってずっと言うイタコ

サイダーも貞子も案外溢れ出る

蟻地獄オタクの兄は蟻オタク

星涼し魚食べるの上手な子

大の字になって素足に風を聴く

メガネまでいい加減なりアロハシャツ
弟はざりがにだから謝らぬ

スポーツはちょっと苦手というメロン
犬カフェの犬の届かぬ場に麦茶

持っている方がびちゃびちゃ水鉄砲
サーキュラースカート一人金魚めく

旅にゆく彼と金魚は置いてゆく
約束を守れなかった金魚の緋

汗かきの金魚の水を換えてやる

蜜豆も出されて猫の譲渡会

惑星別重力一覧的蜜豆

南風こびとは空をウミと呼ぶ

ヨット往く波に付箋を貼るように
あこがれの雲に傾いでゆくヨット

ひとことの感想めいてヨットの帆

旅のこと話しマンゴーシャーベット

かき氷首はタオルをかけるとこ

酢のことをお酢という君胡瓜揉み

ああもっと休みがほしい島らっきょ
世の中をちょっと明るくする水着

ライオンの体温洗う雷雨かな

クーラーのひとり黙っている時間

蟬しぐれ友だち百人出来て邪魔

蟬の声減って二合の米を研ぐ

廃船に汽笛の記憶草いきれ

ネクターの自販機は錆び夜の秋

前世を太宰治という海月

ぷかぷかを悩む海月に陽が届く

へのへのの僕ともへじな君の夏

音速の夏、見送って波——記憶

己が影を追うてとんぼの日向かな

尾びれから脱いで人魚の天の川

懐かずに帰りもせずに秋の波

山の日の小屋に寝転ぶキンチョール

ふるさとに焦げて西瓜の種飛ばす

内陸の雨季を想っている西瓜

じいちゃんのやいとのせなか遠花火

揚花火父座り子は立ちて見る

おじさんはここでいいんだ遠花火

遠花火・手花火・線香花火・叔父

花に似た想いに送り火は消える

ハイクの日アヲハタ55イチゴジャム

Ⅱ　九月のはじめ～三月のおわり

逆光のキリンの首にある秋気

本棚の本の凭れている残暑

いらいらは歩くと直る鳳仙花

虫の声スプーン曲げを練習中

忖度の影を捨て去る流れ星
列島をスクロールして秋の風

囲まれてみる年下のさやけさに

爽やかやや象にまたがる股関節

自転車を鳥居に駐めて秋澄めり
秋澄んで石触ったり拝んだり

澄む秋を三回混ぜて引く御籤

我が話メモされており秋の雲

スタートライン最後に引いて運動会
秋晴れのバでハウリングするマイク

はつ恋の紺したたらす桔梗かな

露草に君の涙を小さじ一

元カレを案山子にかえて六体目
いちじくはジャムにあなたは元カレに

さっと食べさっと出てゆく赤い羽根

球拾いたまに毬栗どけている

朝露や車に車椅子積んで

月今宵ワイン一口分の嘘

月光におぼれぬように窓を開く

また手紙くれよと手紙書いて月

月ノ出ルアッチガマンガミュージアム
鯖街道是従リ洛中ねこじゃらし

花たばこ橋にそれぞれ名があって
橋を焼くように別れて芒原

十三夜灯台育ちの猫同志

稲刈るや日和褒めては休みつつ

プラタナス今日は蓑虫のピアス

下の名で呼んでくださいレモンティー

むく鳥は空消した消しゴムのかす
消火器のなかが霧笛であったなら

解体の家あかるくて黄落期

秋空のラの音高きさようなら

屋根のない球場が好き雁渡る

夕暮れが落としていった薩摩芋

案外と傷つく林檎も男も
林檎もぐたびに銀河が濡れてゆく

ジャックオランタン擦れば龍が出る指輪
トリックオアトリート朝露が跳ね出すぞ

ハロウィンがすぎてオーマイスパゲッティ

お夜食はたこ焼き六個いや八個

文旦のゆさりと生ってるすの家

退屈をちょっと零している石榴

売り家のロッテンマイヤー的柘榴

セバスチャン来ないし蚯蚓鳴かないし

あちら向きに笑うクララに木の実降る
行く秋を追い越しながら問うハイジ

杉玉にまずお辞儀して雲は秋

槽《ふな》口《くち》に陽のやわらかき新走

澄む秋の杜氏の声も蔵元も

酒蔵の広き北窓鵙高音

凩をぐっと引き連れ丹波杜氏
ノーサイドきみは凩だったのか

銃社会の裏に小春の靴を脱ぐ

凩と男を蹴るためのブーツ

冬めくやみなピビンバをまぜかえし
ハングルの文字のほどけて冬ぬくし

コロッケのぬくさは正義冬めいて

バーモントカレー勤労感謝の日

待っているわけではないが初時雨

白鳥が来るまでホットウイスキー

カメラ渡される着ぶくれの女より
原始まで私を初期化するくしゃみ

虚子以後を小さなくしゃみして歩く

印度全土の全印度象嚔

土佐湾を噴きこぼしたる鯨かな

恋ばかりしてきたようなスキー帽

女子会はカオス雑炊はぽん酢
フクロウの横にフクロウもこもこす

青空の蹄となって冬かもめ

十人の手話の拍手や冬銀河

ではまたと熊のスタンプ冬籠もり

プードルとして冬空に愛される

手袋の中は光の子の巣穴

母マスク子マスク歩くおなかすく

山眠る森をカヌレのようにして
きっぱりと断り酸茎嚙んでいる

モルワイデ図法で剝かれたい蜜柑

寄せ鍋や鴨居に頭ぶつけるな

熱燗のそれぞれに貴種流離譚

男衆の立って飯食う鰤起こし

敵だろうが味方だろうが十二月

鈍行のドアの開くたび大晦日

忘年会みんなで逃がす青い鳥

お布団を干してあしたの作り方

福耳を祝福し合う雪うさぎ

ポケットに手を突っこんで初鏡

危機管理能力ゼロのごまめたち

賽銭も鈴も子任せ初詣

初夢がめっちゃ良くなるストレッチ

食パンの耳もそもそと四日かな

風花や子の叱り方叱られて

子の玩具微妙に直りうどんすき

牛乳のちょっと混じった雪女
眼鏡だけ残して消えし雪女

どうどうとあかぎれている日本海

粕汁の適度に貧し父祖の家

肉じゃがに人参多しマイホーム

豚汁や子から震災インタビュー

子に合わすカレーの辛み春隣

抱く子にも一粒持たせ鬼は外

立春のリプトンイエローティーバッグ

板チョコの斜めに折れている余寒

料峭やナウマン象の眠い牙

おたがいさまおたがいさまと春の波

針供養昼は網干す漁師町

暖《だ》気《き》樽《だる》を二つ転がす春疾風

カレー粉をこぼしてごめん春疾風
考えは変わる青のり一つまみ

楽しくはないがいそぎんちゃくゆれる

紅梅やまた子の増えて姉夫婦

モイスチャークリームを変え月朧
すっぴんの君もいいのに朧月

春暁の後朝ふうのドライヤー
耕して地球にファスナー付けてゆく

おたまじゃくし生まれ琵琶湖が溢れている

早口に蛙の恋を語る兄

亀鳴いて「愛は勝つ」って誰に勝つ
蒲公英を咲かせて天と地の和解

二つ貼るもし蒲公英が切手なら
たんぽぽをくすぐりに来る虫眼鏡

たんぽぽを歌手がマイクをもつように

蒲公英と目が合う腕立て伏せ二十

釣り人に背広が一人春夕べ

翔の字のかたち初蝶とまりても

蝶の眼に蝶は沈んでゆくのです

島ひとつ産んでオオゴマダラ飛翔

関係者以外も置かれ雛飾

紙皿をこぼれて白き雛あられ

赤く塗るティラノサウルス其角の忌

鷹化して鳩牛乳をもう一本

三月のいびきをかいて起《むく》り屋根

長閑さや野鳥観察橋に犬

燕来る隣の駅が見える駅

いかなごのくぎ煮と子午線をまたぐ

隣の駅が見える駅　畢

あとがき

二〇二〇年六月、三十年お世話になった「船団の会」散在にあたり、重い腰を上げ、第三句集をまとめることにした。十三年ぶりの個人句集となる。

第二句集の『泉こぽ』以降、句作現場は激変した。幼小中高大学生という年下の方々と教育現場で、あるいは、地域の若い社会人や熟した人生を送られている先達の方々とカルチャーセンターで、さまざまな年齢や境遇の、本当に多くの魅力的な方々との出会いを重ねてきた。各々の新しい言葉や表現との格闘に立ち会えた日々は、私の四十代を実に豊かにしてくれた。上は八十五歳から下は三歳まで、幅広い異世代の間を渡り歩き続ける俳句行脚の日々は、今後も続くであろう私の俳句人生の、一番の財産となっている。

二十代・三十代のころは俳句に野心的な表現を求めることが多かった。周囲の同世代俳人の賞レースの好結果や、総合誌での高評価に、鈍感であろうはずがない。祝福の思いとともに、別の感情もわき起こったのは事実なのだけれど、それでも自分に絶望することもなく、変わらず俳句の地平に立ち続けられたのは、ともかく俳句のことを書いたり話したりする場を私に提供し、楽しんでくれる方々が居続けてくださったことが大きい。さまざまな俳句の賞はたしかに現状の俳壇にとびこむファストパスであるのは確かなのだけれど、この三十年、私はそのパスポートを持つこともなく、しかし有意義に色濃い時間を過ごせたのは僥倖としか言いようがない。俳句に対する恩返しの意味もこめ、この句集を編んだ。したがって、本句集は子育てや仕事など、私個人の生き方にまつわる句だけでなく、時に幼児に、時に女子学生に、時に老いた自分に、変身しながら作った句も多く入っている。また時に虫にも花にも星にもなって作った。

私にとって俳句は、森羅万象に対する共鳴・共感を探る場である。それを寛容に受け止めてくれる俳句の世界は多幸感に満ち溢れている。

馬齢を重ねて、本年五十歳となる。俳句のモチーフも自分の内面への関心から、他者、とりわけ身近な隣人への関心が強くなっている。隣が何を話しているか、読んでいるか、食べているか。それを見知って、「いいなあ、それ！」と思う自分がいる。句集のタイトルは『隣の駅が見える駅』とした。神戸の阪神電車にはこのような駅があって、いつも私は隣の駅を見て電車を待っている。

本句集は十三年の間の拙句を自選し、季題順に整理したが、四季で区切るのはやめた。前述の作句現場で言えば大学がその一例で、前期と後期の二期制である。その季節的実感を以て句を並べた。兼好法師は『徒然草』で「をりふしの移り変はるこそ、ものごとにあはれなれ。」と述べているし、俳人たる者、季節の変わり目に敏感であるべきだけれど、私の場合は、初夏というよりは「惜春」を思いたいし、初秋の風を身に受けながらいつまでも「夏の果て」に心を寄せている。「紅葉」が見頃になるまでは身に冬を寄せ付けたくない。明るい春夏に自然と句が多く集まる作句傾向もこなれない感じだが、これが私の現状である。陰暦五月を他の月より飛び抜けて数多く描いた『枕草子』をひもといては、勇気づけられながら句をまとめた。ただ、桜や紅葉の句が少ないのは清少納言の四季感の影響ではなく偶々である。
最後に本句集を編むにあたり、多大な助言と労を頂いた朔出版の鈴木忍様に厚く御礼申し上げる。

令和三年三月

塩見恵介

著者略歴

塩見恵介（しおみ　けいすけ）

1971年、大阪府生まれ。甲南大学大学院人文科学研究科（日本語日本文学専攻）修士課程修了（文学修士＝西東三鬼『夜の桃』論）。

1991年、「船団の会」（代表・坪内稔典）入会。

2004年、甲南高校文芸部を率いて「全国俳句甲子園」優勝。

2010年、第2回「船団賞」受賞。

2020年6月「船団」散在後、俳句グループ「まるたけ」を発足。

句集に『虹の種』(2000年 蝸牛新社)、『泉こぽ』(2007年 ふらんす堂)、『関西俳句なう』(2015年 本阿弥書店＝共著)。

著書に『お手本は奥の細道 はじめて作る 俳句教室 』(2013年 すばる舎)、『写真で読み解く俳句・短歌・歳時記大辞典』(2015年 あかね書房)、『みんなで楽しく五・七・五！　小学生のための俳句帖　読んでみよう編』『同　作ってみよう編』(2019年 朝日学生新聞社）などがある。


2021年5月現在、現代俳句協会会員。

甲南高校国語科教諭。同志社女子大学表象文化学部講師。京都芸術大学講師。

朝日小学生新聞「はじめて俳句　五・七・五」、毎日新聞「俳句てふてふ　注目の一句」連載中。

現住所　〒658-0016　兵庫県神戸市東灘区本山中町1-4-8
mail　tantaigi@yahoo.co.jp

句集　隣《となり》の駅《えき》が見《み》える駅《えき》

2021年5月15日　初版発行

著　者　　塩見恵介

発行者　　鈴木　忍

発行所　　株式会社 朔《さく》出版
郵便番号173-0021
東京都板橋区弥生町49-12-501
電話　03-5926-4386
振替　00140-0-673315
https://saku-pub.com
E-mail　info@saku-pub.com

印刷製本　日本ハイコム株式会社

ISBN978-4-908978-62-3　C0092